GOTTFRIED

BENN

DAS HÖRWERK 1928–56

Lyrik, Prosa, Essays, Vorträge,
Hörspiele, Interviews, Rundfunkdiskussionen

Erweiterte Neuauflage

Herausgegeben von
Robert Galitz, Kurt Kreiler
(Archivrecherche, Audioredaktion)
und Martin Weinmann (Beibuch)

Zweitausendeins

EDITORISCHE NOTIZ. Abgesehen vom Video und von einigen Umstellungen aus inhaltlichen Gründen, folgt die Anordnung der Tondokumente dem Datum der Erstsendung. – Die Texte von Gottfried Benn werden nachgewiesen nach der von Dieter Wellershoff herausgegebenen dreibändigen Ausgabe der Gesammelten Werke, Frankfurt: Zweitausendeins 2003. Das Hörwerk weicht gelegentlich von den Schriftfassungen ab. – Ergänzend und um Lücken zu schließen, wurde die von Gerhard Schuster und Holger Hof herausgegebene siebenbändige »Stuttgarter Ausgabe« der Sämtlichen Werke, Stuttgart: Klett Cotta 1986–2003, zu Rate gezogen. (M.W.)

Erweiterte Neuauflage, März 2007.

ISBN 978-3-86150-693-5

»Das Leben hat doch
keinen geraden Gang,
nie gehabt,
die Schöpfung auch nicht,
Sie brechen Ihr Leben in Stücken ab
wie man Schokolade bricht,
plötzlich ist sie alle.«

G. B., 1951

TRACK

1 **Die neue literarische Saison**

Erstveröffentlichung: 1931 Gesammelte Werke: II, 983–994
Vortrag
Sendung: Funkstunde Berlin 1931 Dauer: 23:54

Benn an Paul und Gertrud Hindemith am 15. August 1931: »Am Freitag treibe ich wieder das unvornehme Geschäft eines Rundfunkvortrags. ›Die neue literarische Saison‹. Schade, daß Sie nicht zuhören, ich schließe: ›nicht Entwicklung –: Unaufhörlichkeit wird das Menschheitsgefühl des kommenden Jahrhunderts sein –‹ Aha, wird der Fachmann denken, die Propaganda beginnt!«

6 **Totenrede für Klabund**

Erstveröffentlichung: 1928 Gesammelte Werke: II, 969–973
Rede
Sendung: Funkstunde Berlin 1928 Dauer: 9:43

Fred Hillenbrandt: »Es war keine Rede. Es war eine Aureole. Es war das Schönste, was ich jemals an einem Grabe sprechen hörte, das Formvollendetste und das Tiefste, das Höchste, das Letzte und das Feierlichste. In die große Stille des Friedhofs hinein, in dessen Zypressen ein leichter Wind wühlte, ertönte der Klagegesang eines Freundes für einen Freund, eines Dichters für einen Dichter, gehalten in der einfachsten Sprache eines getrübten Herzens und zugleich in der schimmerndsten Form des Wortes, die nur und allein von einem Dichter so zum Glühen gebracht werden kann. Niemals, glaube ich, wurde eine solche Grabrede gehalten. Später wurde sie von ihm, mit seiner Stimme also, dieser eindringlichen, halblauten, seltsam auf- und niederfallenden faszinierenden Stimme, auf eine Schallplatte gesprochen. Und wer sie auch hörte, war außerordentlich bewegt. Es ist eine unsterbliche Grabrede.«

8 **Astern**

Erstveröffentlichung: 1936 Gesammelte Werke: I, 174
Gedicht
Sendung: SDR 1948 Dauer: 0:50

9 **Verlorenes Ich**

Erstveröffentlichung: 1943 Gesammelte Werke: I, 215 f.
Gedicht
Sendung: SDR 1948 Dauer: 1:54

»Der Mensch ist nicht einsam, aber Denken ist einsam.«

»Ja also der ganzen Welt diesen Kuß, aber der Gemeinschaft gegenüber doch eine gewisse Reserve! Auch ist dies alles meiner Erfahrung nach eine Angelegenheit der Nerven und der Konstitution, auch der Ermüdbarkeit, ich habe in mehreren Büchern mir die etwas saloppe Bemerkung erlaubt: Ich bin kein Menschenfeind, aber wenn Sie mich besuchen wollen, bitte kommen Sie pünktlich und bleiben Sie nicht zu lange, aber das ist weltanschaulich gemeint, nicht misogyn. Ich sitze abends lieber allein in meinem Lokal, trinke, die Wände sind abgerückt, es ist mehr Kulisse da als in meiner Wohnung, das Radio spielt, erweitert noch die Szene, ich sehe die Dinge vor mir, lockerer, schattenvertiefter, manches verschlingt sich miteinander, meine Notizen rücken sich näher – auf was soll ich mich da noch beziehen? Publikum, Öffentlichkeit, Ruhm, Nation – alles ist irrelevant, in diesem Moment bin ich unsterblich. ... Man ist doch, das wissen Sie, immer hinter sich her, und das während der siebzig Jahre, die man höchstens zu leben hat, durch Gemeinsamkeiten zu unterbrechen, erschiene mir unverantwortlich.«

Pessimismus, 1949
Erwiderung an Alexander Lernet-Holenia. Offener Brief, 1952

TRACK

10 **Einst**

Erstveröffentlichung: 1934 Gesammelte Werke: I, 178
Gedicht
Sendung: SDR 1948 Dauer: 0:39

11 **Welle der Nacht**

Erstveröffentlichung: 1943 Gesammelte Werke: I, 198
Gedicht
Sendung: SDR 1948 Dauer: 0:42

Benn in »Probleme der Lyrik«: »In meinem Gedichtband ›Statische Gedichte‹ ist ein Gedicht, das besteht nur aus zwei Strophen, aber beide Strophen liegen zwanzig Jahre auseinander, ich hatte die erste Strophe, sie gefiel mir, aber ich fand keine zweite, endlich dann, nach zwei Jahrzehnten des Versuchens, Übens, Prüfens und Verwerfens, gelang mir die zweite, es ist das Gedicht ›Welle der Nacht‹ – so lange muß man etwas innerlich tragen, ein so weiter Bogen umspannt manchmal ein kleines Gedicht.«

12 **Ach, das ferne Land –**

Erstveröffentlichung: 1946 Gesammelte Werke: I, 183 f.
Gedicht
Sendung: SDR 1948 Dauer: 1:16

Benn an F. W. Oelze am 21. Dezember 1941 nach der Lektüre einer Biographie über Eleonora Duse: »Aus einer Armut ohne jeden Vergleich stieg sie auf, sah nach nichts aus, nicht hübsch, keine gute Figur, fast immer tief verschuldet u krank u. als das Schiff, das ihre Leiche im Frühjahr 1924 aus den U.S.A. zurückbrachte, durch Gibraltar fuhr, flaggten die Schiffe aller Nationen halbmast und in Genua empfing den Sarg die Königin. Seltsam!«

13 **Der Ptolemäer (aus Kapitel 1. Lotosland)**

Erstveröffentlichung: 1949 Gesammelte Werke: II, 1390 f.
Berliner Novelle
Sendung: SFB 1949 Dauer: 2:12

Benn an F. W. Oelze am 12. April 1947: »Was meine neuen Stümpereien angeht, so wird es etwas nicht in Richtung Phänotyp, sondern eher ›Weinhaus Wolf‹. Mir scheint, es wird leichtsinnig, aber auch bösartig; obenhin – überhin –, aber über Verfall u. Gräbern, – unseren Verfall und unsere Gräber. Mich beunruhigt, dass ich eigentlich gar nichts mehr

TRACK

ernst nehmen kann, kein Problem, keine Fragestellung, kein Gefühl, – alles vermische ich, verwische ich zu einzelnen Absätzen, Perioden, die mir aufsteigen wie Inseln aus Schlamm u. Modder.«

14 **Mann –**

Erstveröffentlichung: 1933 Gesammelte Werke: I, 180
Gedicht
Sendung: SDR 1948 Dauer: 0:38

15 **Sils-Maria**

Erstveröffentlichung: 1933 Gesammelte Werke: I, 153
Gedicht
Sendung: SDR 1948 Dauer: 1:07

Benn an F. W. Oelze am 9. August 1936: »Lasen Sie zufällig in einem früheren Aufsatz von mir den Spruch, den ich auf einer Sonnenuhr in einem kleinen Ort der Pyrenäen, nahe Hendaye, fand, zwischen den Zahlen der Stunden stand: ›vulnerant omnes, ultima necat‹.«
Aus dem Aufsatz »Pessimismus«: »Omnia fui et nihil expedit. Das Spiel ist die Kerzen nicht wert. Vulnerant omnes, ultima necat: ›Alle verwunden, die letzte tötet‹, gemeint sind die Stunden – Inschrift auf dem Zifferblatt einer mittelalterlichen Sonnenuhr.«

16 **In memoriam Höhe 317**

Erstveröffentlichung: 1934 Gesammelte Werke: I, 171
Gedicht
Sendung: SDR 1948 Dauer: 1:06

Handschriftliche Widmung Benns: »in Erinnerung an einen armseligen kleinen gefallenen Bruder von mir, der als kommuner Fusssoldat in einem Massengrab auf den galizischen Höhen liegt.«
Benn an F. W. Oelze am 1. November 1936 über Siegfried Benn: »Allerheiligen. Grauer Sonntag, – Allerheiligen, 1915, traf ich mich zum letzten Mal mit einem kleinen Bruder von mir in Brügge, ich kam von Brüssel, er aus der Flandernfront: Kriegsfreiwilliger, 140 Schlachten u. Gefechte, darunter Langemarck, die Yserkämpfe, 22 Jahre, stiller Junge, schwarz, sehr französisch aussehend, weder E. K. noch Unteroffizier geworden, zu einfach, bescheiden; sass mit mir in einem verdunkelten Café, schweigsam, hoffnungslos, vertiert, sämtliche

MENS MOMENTANEA. WAS MACHT DEN AUGENBLICK? – Das erste Foto. »Der gedeckte Tisch« von Joseph Nicéphore Niepce (1765–1833), entstanden um 1825. Durch die Irisblende einer am Fenster seines Wohnhauses aufgestellten Camera obscura brennt das Sonnenlicht in eine Asphaltplatte eine »Heliographie«. Genügend Teilnahme am Himmelsspiel hatte diese Sonnenschreibkunst nach acht Stunden Belichtung. Ein noch nie dagewesener, lang gedehnter Augenblick. So lange, daß die langsam wandernden Schatten den Konturen der Dinge ihre Schärfe nehmen.

»Ein Schatten an der Mauer
Von Ästen, bewegt im Mittagswind,
das ist genügend Erde
und hinsichtlich des Auges
genügend Teilnahme
am Himmelsspiel.«

Ein Schatten an der Mauer (Auszug), 1950

TRACK

Kameraden von 1914 tot, kein Tag Urlaub bisher, von einer unsäglichen Traurigkeit wir beide. Kurz darauf kam er nach Galizien u. fiel auf ›Höhe 317‹. Immer an diesem Tag, grauer Sonntag, Allerheiligen: ›La Toussaint‹, sagten die Belgier u. Franzosen, denke ich an ihn u. diese dunklen Nachmittage in Brügge. Ach, es ist ja alles unausdenkbar.«

17 **Entwurzelungen**

Erstveröffentlichung: 1925 — Gesammelte Werke: I, 118
Gedicht
Sendung: SDR 1948 — Dauer: 1:05

18 **Schleierkraut**

Erstveröffentlichung: 1925 — Gesammelte Werke: I, 114
Gedicht
Sendung: SDR 1948 — Dauer: 1:04

19 **Palau**

Erstveröffentlichung: 1922 — Gesammelte Werke: I, 62 f.
Gedicht
Sendung: SDR 1948 — Dauer: 1:48

20 **Leben – niederer Wahn**

Erstveröffentlichung: 1936 — Gesammelte Werke: I, 134
Gedicht
Sendung: SFB 1949 — Dauer: 0:53

21 **Phase II. Rundfunkgespräch mit Thilo Koch**

Gespräch — Sämtliche Werke: VII/1, 233–239
Sendung: SFB 1949 — Dauer: 16:35

Benn an F. W. Oelze am 8. Oktober 1949: »Am nächsten Mittwoch abends um elf Uhr bis elf Uhr 15 (also nur eine Viertelstunde lang) können Sie mich im N.W.D.R. reden hören – das übliche Interview, das ich ungern startete, aber dem ich mich nicht entziehen konnte, da der hiesige Redaktör sich gegenüber der Hamburger Zentrale stark gemacht hatte, mich ans Mikrophon zu bringen – und da man auch ganz gut dafür bezahlt, sogar erstaunlich gut, Stargage! Aber ich bin nicht enttäuscht, wenn Sie schon schlafen und es nicht hören, diese ganze Radiosache liegt mir nicht sehr: einerseits kann und will ich nicht von meinem Niveau heruntergehn, . . . und andererseits ist der Rundfunk doch mit Recht mehr für leichte Kost

TRACK

da und ich fühle mich immer fehl am Platze. Aber man muss es ja auch nicht zu wichtig nehmen.«
Benn an F.W. Oelze am 9. Oktober 1949: »u am Mittwoch abends 11h–11[15] von Neuem N.W.D.R. – das übliche Interview, in dem ich mich auslasse, ich konnte mich dem nicht entziehn. Radio ist sehr gegen meine Neigung. Ich kann u will nicht unter mein Niveau u fühle doch deutlich, dass es fehl am Orte ist. Es ist aber nun das letzte Mal. Ich rede mein Neues Thema: Phase II, das wird schon an sich nicht Ihr Geschmack sein, ...«
THILO KOCH (1920–2006), Studium der Philosophie, Geschichte und Germanistik; Rundfunkredakteur beim NWDR in Berlin; 1958 Wechsel zum Fernsehen, Auslandskorrespondent, Mitgründer von »Der Weltspiegel« (ARD); Fernsehfilme, Feuilletonist, Essayist und Buchautor.

23 **Aus dem Oratorium: Das Unaufhörliche (Knabenchor, Lebe Wohl, Sopransolo)**

Erstveröffentlichung: 1931 Gedichte | Gesammelte Werke: I, 142 f.
Sendung: NWDR 1950 | Dauer: 3:04

Benn an Paul Hindemith am 29. Juli 1930: »Dieser Text, genannt: ›Das Unaufhörliche‹ ist kein Lehrstück, sondern mehr eine Dichtung. Der soll das unaufhörliche Sinnlose, das Auf und Ab der Geschichte, die Vergänglichkeit der Größe und des Ruhms, das unaufhörlich Zufällige und Wechselvolle der Existenz schildern, vielmehr lyrisch auferstehn lassen.«

26 **Der Ptolemäer (aus Kapitel 2. Der Glasbläser)**

Erstveröffentlichung: 1949 Berliner Novelle | Gesammelte Werke: II, 1395–1414
Sendung: SFB 1949 | Dauer: 13:22

Benn an F.W. Oelze am 29. April 1947: »Die Arbeit zeigt von Neuem, dass nicht die Schwarze Liste meine combak verhindert, sondern ich selbst: alles, was ich neu veröffentlichen könnte – vielleicht ausser einigen Gedichten – würde sofort wieder die schwersten Controversen heraufbeschwören, die grössten Pöbeleien. Wer hat nun Recht? Die Allgemeinheit, die sich gegen extravagante Aussenseiter wehrt, oder das berüchtigte Individuum, das angeblich den Geist vertritt, im

Das vormalige Musterlager Nordeuropas.
Berlin 1947, Kurfürstenstraße 198

»In diese Richtung hatte ich auch meine berufliche Seite gelenkt. Mein Haus hieß ›Lotos‹ – Appell an den Schönheitssinn, gleichzeitig mythologisch anklingend – Lotophagen, Lotosesser, wer von den Früchten aß, brauchte kein anderes Brot, er konnte hoffen und vergessen. Aber darüber hinaus bedeutete mein Institut schon an sich eine selektive Haltung, eine ideeliche Beschränkung: Körperpflege einschließlich Krampfadern – gut, so weit ging es, das war auch noch kein Handeln, aber Gesamtschau, Totalitätsbetreuung, Lebenseinheit, Harmonie – das lehnte ich ab. Wir alle leben etwas anderes, als wir sind. Dort wie hier Bruchstücke, Reflexe; wer Synthese sagt, ist schon gebrochen. Gelegenheiten – das war es!«

»Die Bevölkerung sieht durch die Fenster gierig zu: die Kultur ist wieder im Vormarsch, wenig Mord, mehr Song und Klänge. Auch innerlich wird den Geschlagenen viel geboten: ein transatlantischer Bischof kommt angereist und murmelt: meine Brüder – ein Humanist zeigt sich und flötet: das Abendland – ein Tenor knödelt: o holde Kunst – der Wiederaufbau Europas ist im Gange.«

Der Ptolemäer. Berliner Novelle. Lotosland, 1947
Der Ptolemäer. Berliner Novelle. Der Glasbläser, 1947

TRACK

Grunde natürlich auch nur ›seinem Affen Zucker giebt‹, seinem eigenen Lieblingsaffen. Unentwirrbar, –«

31 **Am Brückenwehr**

Erstveröffentlichung: 1934 Gesammelte Werke: I, 159 f.
Gedicht
Sendung: SFB 1950 Dauer: 0:54

32 **Ein Wort**

Entstanden: 1941 Gesammelte Werke: I, 208
Gedicht
Sendung: SFB 1950 Dauer: 0:32

33 **Wer allein ist –**

Erstveröffentlichung: 1936 Gesammelte Werke: I, 135
Gedicht
Sendung: SFB 1950 Dauer: 0:46

34 **Der Schriftsteller und die Emigration. Rundfunkdiskussion mit Peter de Mendelssohn unter der Leitung von Thilo Koch**

Gespräch Sämtliche Werke: VII/1, 240–259
Sendung: SFB 1950 Dauer: 52:19

Mit einer Lesung aus »Doppelleben« (Auszüge aus Kapitel 1,7)

Erstveröffentlichung: 1950 Gesammelte Werke: III, 1935 ff.,
Autobiographische Schrift 1947–1950, 2019–2023, 2037 f.

Hilde Spiel (in erster Ehe mit Peter de Mendelssohn verheiratet): »Und nun beginnt der Prozeß der Aufweichung, der langsamen, aber unausweichlichen Korruption – ein Grund unter anderem, weshalb ich auswandern muß, so bald als möglich, aus diesem Österreich des Ständestaates, aus Furcht vor meiner eigenen Veränderung. Peter hat nach dem Krieg, in einem Rundfunkgespräch mit Gottfried Benn, die Notwendigkeit der Emigration aus einem totalitär gewordenen Land daraus erklärt, daß sie einem ›den Rückzug auf einen faulen Kompromiss‹ unmöglich macht. Wenn ein Mensch sich selbst einen Weg versperrt, ›von dem er weiß, daß er äußerlich bequem ist, ihn aber innerlich in die Hölle bringen wird, dann kann das nicht vergeblich sein.‹ Und er fügte hinzu: ›Wir alle sind außerordentlich schwache Menschen, drinnen wie draußen, sind alle den unseligen Versuchungen preisgegeben, jeden Tag, Versuchungen politischer, geistiger, moralischer Art, ganz gleich. Es geht darum, sich den Rück-

TRACK

zug auf diese Versuchungen abzuschneiden.‹ So und nicht anders, empfand ich damals auch.«

Benn an Max Niedermayer am 6. April 1949: »Es hat nur Wert in der geistigen Welt, was man wirklich erlebt hat, was man innerlich erlitten und durchdacht hat, nur das gewinnt Gestalt, daher vertrete ich ja auch rückhaltlos den Standpunkt, daß die Emigranten nicht mit der Klarheit wie wir Hiergebliebenen die deutsche Geschichte beurteilen können, daß sie allein aus Ressentiment und Haß ihre jetzigen Elaborate nähren. Ich würde auch heute wieder hierbleiben und die Dinge erleben wollen, und ich spreche den Emigranten das Recht ab, sich als die alleinigen Repräsentanten des geistigen Deutschland zu gerieren.«

PETER DE MENDELSSOHN (1908–1982) wuchs in der Künstlersiedlung Dresden-Hellerau auf, arbeitete als Publizist für Berliner Tageszeitungen und veröffentlichte zwei Romane. 1933 emigrierte er nach England, wo er britischer Offizier wurde. Nach dem Zweiten Weltkrieg war er Pressechef der britischen Kontrollkommission in Düsseldorf und Berichterstatter bei den Nürnberger Prozessen. Beteiligt an der Gründung des »Telegraf« und des »Tagesspiegels« in Berlin; Rückkehr nach London, wo er weiter für deutsche Zeitungen schrieb. 1970 Übersiedlung nach München.

39

Epilog 1949

Erstveröffentlichung: 1949 Gesammelte Werke: I, 343 ff.
Gedichte
Sendung: SFB 1950 Dauer: 3:46

Benn schickte F. W. Oelze am 17. Februar 1949 das Gedicht: »für das Oelze-GB Archiv –, und damit enden die blauen Bogen, die mich, glaube ich, sieben Jahre begleitet haben.«

Benn an F. W. Oelze am 25. Mai 1950: »Gestern abend um 10 sandte N.W.D.R zehn Minuten lang die 5 Epiloggedichte aus ›Trunkene Flut‹, die ich auf Band gesprochen hatte. Meine Frau hörte zu, war sehr angetan, ich sass in meiner Kneipe und zischte mein Bier, von Patienten hörte ich, es sei ergreifend gewesen, zum Schluss kam schöne Musik.«

»Das, was lebt, ist etwas anderes als das, was denkt, dies ist eine fundamentale Tatsache unserer Existenz und wir müssen uns mit ihr abfinden. Möglich, daß es einmal anders war, möglich, daß in einer unerahnbaren Zukunft eine siderische Vereinigung heranschimmert, heute lebt die Rasse in dieser Form. Das, was in mir dachte, bewegte sich in einem eigenen Raum; das, was von mir lebte, war innerhalb des mir zugewiesenen Milieus entgegenkommend, von guten Formen und aufrichtig kameradschaftlich. Das, was dachte, war ohne Falsch, es frug niemanden aus, es frug in niemanden etwas hinein, es trat überhaupt nicht in Erscheinung, es war gelassen, konnte es sein, so sicher war es, daß es recht hatte und die Wahrheit besaß gegenüber allen Lebensfakten innerhalb der von uns gemeinsam bevölkerten Kaserne. ›Wer glaubt, der flieht nicht‹, ruft Jesaja. Es ist natürlich naheliegend zu sagen, dieser Glaube müsse bekannt werden; wer so denkt, wer die Dinge so sieht, wie sie im vorstehenden dargestellt sind, müsse eingreifen, aufhalten, Revolution machen oder sich erschießen lassen. Dieser Ansicht bin ich nicht. Es gibt hinsichtlich dieser Dinge keinen allgemeinen Beweis, es gibt nur existentielle Gründe. Bei mir liegen diese Gründe in meinem persönlichen Unglauben an eine Bedeutung der geschichtlichen Welt.«

Doppelleben. IV. Block II, Zimmer 66, 1949

WER GLAUBT, DER FLIEHT NICHT. – Die Sepia des Tintenfischs ist so dauerhaft, daß selbst Pigmente aus Versteinerungen noch zum Färben zu gebrauchen sind.

TRACK

44 **Doppelleben (IV, Block II, Zimmer 66)**

Erstveröffentlichung: 1950 — Gesammelte Werke: III, 1979–1997
Autobiographische Schrift
Sendung: SDR 1950 — Dauer: 25:49

49 **Urgesicht**

Erstveröffentlichung: 1929 — Gesammelte Werke: II, 1279–1290
Essay
Sendung: NWDR 1951 — Dauer: 19:42

Benn an F. W. Oelze am 19. Februar 1951: »Prostituierte mich im NWDR gestern mit ›Urgesicht‹; war mir grässlich, bekam es nicht mehr über die Zunge, aber d'argent.«

53 **Friedrich Nietzsche – nach fünfzig Jahren**

Erstveröffentlichung: 1950 — Gesammelte Werke: II, 1046–1057
Vortrag
Sendung: NWDR 1950 — Dauer: 30:17

Benn an F. W. Oelze am 23. Februar 1950: »Mich beschäftigt ein Aufsatz (eventuell, potentiell, virtuell) über ›N. – nach 50 Jahren‹. Der NWDR hat mir zum 25 VIII, Freitag, darüber eine Sendung von beliebiger Dauer zu Verfügung gestellt. Ich erwäge. Es ist abhängig davon, dass ich gewisse Bücher z B Klages: ›Über die psychol. Eigenschaften bei N‹, u.ä. erreichen kann.«
Benn an Max Niedermayer am 9. März 1950: »Er ist und bleibt das grösste Ausstrahlungsphänomen der abendländischen Geistesgeschichte, noch mehr als selbst Goethe, weil er, N., so viel fragwürdiger, in jedem Satz zweideutig, fascinierend, beunruhigend ist und weniger positiv als Goethe.«
Benn an F. W. Oelze am 6. August 1950: »Der NWDR hat das alleinige Senderecht für den 25. VIII 50 für die höchste Summe erworben, die je für ½ Stunde Literatur gezahlt wurde. Also in der Richtung wäre es ein Erfolg – ob geistig, lasse ich dahin gestellt.«

59 **Zerstörungen**

Erstveröffentlichung: 1951 — Gesammelte Werke: I, 335
Gedicht
Sendung: SFB 1951 — Dauer: 0:54

TRACK

60 **Satzbau**

Erstveröffentlichung: 1951 Gesammelte Werke: I, 249
Gedicht
Sendung: SFB 1951 Dauer: 1:19

61 **Du übersiehst dich nicht mehr –**

Erstveröffentlichung: 1951 Gesammelte Werke: I, 243
Gedicht
Sendung: SFB 1951 Dauer: 0:58

62 **Reisen**

Erstveröffentlichung: 1950 Gesammelte Werke: I, 327
Gedicht
Sendung: SFB 1951 Dauer: 0:50

63 **Denk der Vergeblichen**

Erstveröffentlichung: 1951 Gesammelte Werke: I, 247
Gedicht
Sendung: SFB 1951 Dauer: 1:02

64 **Der Dunkle**

Erstveröffentlichung: 1951 Gesammelte Werke: I, 252 ff.
Gedicht
Sendung: SFB 1951 Dauer: 2:55

Benn an F. W. Oelze am 4. Juli 1950: »In dem Dunklen wird veilchenschwer durch ein anderes Wort [zauberschwer] ersetzt – denken Sie nicht, dass mir veilchenschwer nicht schon vor Ihrer Ermahnung manche Sorgen machte. Ich strebe an, von der weichen gesammelten introvertierten edlen Lyrik abzukommen, der heiligen grossen Lyrik – auch hier: on verra.«

65 **Probleme der Lyrik**

Erstveröffentlichung: 1951 Gesammelte Werke: II, 1058–1096
Vortrag
Sendung: HR 1951 Dauer: 58:17

Max Niedermayer an Benn am 9. Juli 1951: »Die Darstellung dieses schwierigen Gegenstandes, den ich bisher kaum für darstellbar hielt, ist Ihnen in einer Weise gelungen, die mich geradezu verblüfft. Dieser Vortrag geht weit über alles hinaus, was man gemeinhin unter Lyrik versteht – die ›Welt‹ ist darin enthalten.«

Benn an Ernst Robert Curtius am 1. August 1951 anläßlich seines Vortrags an der Universität in Marburg: »Der Hessische

Der Nerv ist nicht zu retten: Verfüllung mit Heilzement. – Frankfurt 1949, der Rohbau steht. Rechtzeitig zum Ende des Goethe-Jahrs ist im Großen Hirschgraben Richtfest. Den teuren Ausbau des Goethe-Hauses soll im nächsten Jahr eine Sonderbriefmarke finanzieren.

»Dann hatte ich gehört, würde heute einer der Alten sagen, Denken befreit, Denken macht glücklich, also betrat ich andere Institute und wendete mich den Denkern zu. Aber Soziologie, Phänomenologie, Grundlagentheorie – das klingt doch alles wie Puccini. Ontologie – wo ist denn ein Sein, außer in meinen Bildern, und was ist das immer mit den Dingen – Dinge entstehen dadurch, daß man sie zugibt, also formuliert, malt, wenn man sie nicht zugibt, verschwinden sie ins Wesenlose. Diese Denker mit ihrem Seinsgrund, den niemand sieht, völlig gestaltlos, alles nur Beiträge, Beiträgler – sie drehen die Leitung auf, meistens kommt dann etwas Platon heraus, dann duschen sie ein bißchen herum, und dann tritt der nächste in die Wanne.«

Altern als Problem für Künstler, 1954

TRACK

Rundfunk hat das Übertragungsrecht des Vortrages erworben und schickt einen Aufnahmewagen zu der Veranstaltung hin, ich fürchte, daß auch das schon der strengen Wissenschaft nicht recht ist.«
Benn an F.W. Oelze am 22. August 1951, einen Tag nach dem Vortrag: »Ein Glück, daß Sie nicht da waren! Ging schief! Zu grosser Hörsaal, zu viel Leute u. miserable Akustik, die hintre Hälfte schrie ›lauter‹, peinliche Sache, ich musste kürzen. Schlechte Organisation. Einmal u nie wieder.«

75 **Gedicht**
Erstveröffentlichung: 1955 Gesammelte Werke: I, 298
Gedicht
Sendung: HR 1951 Dauer: 1:02

76 **Chopin**
Erstveröffentlichung: 1947 Gesammelte Werke: I, 188 ff.
Gedicht
Sendung: HR 1951 Dauer: 2:07

77 **Ein Schatten an der Mauer**
Erstveröffentlichung: 1950 Gesammelte Werke: I, 244
Gedicht
Sendung: HR 1951 Dauer: 0:44

78 **Dennoch die Schwerter halten**
Erstveröffentlichung: 1933 Gesammelte Werke: I, 182
Gedicht
Sendung: HR 1951 Dauer: 1:03

79 **Kunst und Drittes Reich (Auszug aus Teil III)**
Erstveröffentlichung: 1949 Gesammelte Werke: II, 877–884
Essay
Sendung: RIAS 1951 Dauer: 8:47

Benn an Frank Maraun am 11. Mai 1936: »Eine tolle Lage! Wo halten wir eigentlich? Furtwängler dirigiert nicht mehr, Hindemith ist in Ankara. Poelzig geht nach Ankara. Ein Buch über Barlach wurde verboten. Ich bin ein öffentliches Ferkel. Eine Corinth-Ausstellung in Basel erregt wegen ihres großen Erfolges den Haß, den unauslöschlichen Haß dieser Kreise, weil Corinth zu ›jener‹ Gruppe der Kunst gehört. Man kann natürlich auch einfach sagen: weil es Kunst ist. Den einen bekämpft man, weil er ostisch ist, den anderen, weil er mediter-

TRACK

ran ist, den dritten, weil er humanistisch ist, den vierten, weil er christlich ist – alles bekämpfen sie, bloß selber leisten, das können sie nicht. Ausmerzen, abtöten, niederhalten, diese Seite der Züchtung beherrschen sie, aber die andere: die Schöpfungskraft ahnend führen und erweitern, schweigend sie leiten, im Dunkel sie gebären lassen, das ist nicht sieghaft genug, unnordisch, davon ahnen sie nichts.«

Benn an F.W. Oelze am 5. Dezember 1941: »Ich schrieb im November einen neuen, umfangreichen Essay: ›Kunst‹, der nochmals alles zusammenfasst. Leider kann ich ihn aus gewissen Gründen nicht senden; ich will versuchen, ihn zu meiner Tochter gelangen zu lassen, die ihn bewahren soll, bis vielleicht andere Zeiten seine Veröffentlichung zulassen, während der Autor längst ›die Kartoffeln von unten besieht‹, wie ich neulich so schön las.«

81 **Rede in Darmstadt**

Erstveröffentlichung: 1951 Gesammelte Werke: II, 1097–1100
Rede zur Verleihung des Büchner-Preises
Sendung: HR 1951 Dauer: 9:51

Benn an F.W. Oelze am 25. Oktober 1951: »Darmstadt: ein glorreicher Tag, der glänzendste meines Lebens, völlig gelungen in Stimmung, Äusserem u. Gesellschaftlichem.«

83 **Die Stimme hinter dem Vorhang**

Erstveröffentlichung: 1952 Gesammelte Werke: II, 1589–1621
Hörspiel
Sprecher: Josef Kandner, Gert Westphal, Edith Heerdegen, Heinz Klingenberg, Oswald Döpke, Friedrich W. Baschulte, Ernst Friedrich Lichtenecker, Rolf Schult, Kurt Strehlen
Regie: Gert Westphal
Sendung: RB 1951 Dauer: 44:01

Benn an Max Niedermayer am 14. Dezember 1951: »Was ich in Arbeit hatte, ist jetzt fertig, 30 Schreibmaschinenseiten. Und was ist es? Nach meiner Meinung – ein Hörspiel! Allerdings ein Sonderbares.«

89 **Der Verleger und sein Autor. Rundfunkgespräch mit Max Niedermayer und Karl Schwedhelm**

Gespräch Sämtliche Werke: VII/1, 260–267
Sendung: SDR 1951 Dauer: 15:37

THE FREEING OF MEN. – »Wenn Sie sich anschließend darein vertiefen würden, was nun der Inhalt dieser politischen Welt eigentlich ist, nämlich der Fortschritt, beispielsweise vom Rad zur Guillotine, dieser humane Fortschritt, der den ersten europäischen Typenmord, in der französischen Revolution, erst so reibungslos ermöglichte – oder die Einführung der afrikanischen Sklaven in das tropische Amerika durch einen Jesuitenpater, um die eingeborenen Indios zu retten – wie aber dann dieser Sklavenhandel die ganze abendländische Zivilisation aus der Taufe hob, nämlich durch die sogenannten Assientorechte, die Madrid für je dreißig Jahre an Genuesen, Franzosen, Engländer verkaufte – aus diesen dunklen Schiffsbäuchen strömte Gold, strömten die Schätze, strömten Piccadilly und die Ville lumière – strömte die Kartoffel – und dann die bombastische Abschaffung dieser Sklaverei, das Gebarme um die Nigger, und heute speit die North-Borneo-Company Kontraktkulis und Kanaken aus ebensolchen Schiffsbäuchen in die Bleiminen und Gummiplantagen von Insulinde und schafft die Grundlagen für Konzerte in der Albert Hall und für den glücklichen Prunk der Sommersitze –: ein Mißgriff! ... erst die Peitsche über das scheckige Blut und Petroleum auf die Mückenpfützen, dann Teer und Walzen für die Autostraße von Balboa nach Colon, und in der dritten Generation spielt der Coloured gentleman seinen Baseball im Washington-Club, teilt die Welt in remarkable und shocking und stellt sich fishing, swimming, shooting, hunting ein in die Mayonnaisenunität von Palm Beach bis Habana – folgen Sie mir?«

Der Ptolemäer. Berliner Novelle. Der Glasbläser, 1947

SLAVES

"The fact is, that civilization requires slaves. The Greeks were quite right there. Unless there are slaves to do the ugly, horrible, uninteresting work, culture and contemplation become almost impossible. Human slavery is wrong, insecure, and demoralizing. On mechanical slavery, on the slavery of the machine, the future of the world depends."

—*Oscar Wilde*

You will find this monogram on all kinds of electrical machinery. To insure quality, ask for it on the equipment you buy for your factory, office, or home.

In a quarter century the General Electric Company has produced electric motors having a total of more than 350,000,000 man-power. Electric light, heat, and transportation have also contributed their part to the freeing of men. These are America's slaves. Through their service American workers do more, earn more, and produce quality goods at lower cost than anywhere else in the world.

GENERAL ELECTRIC

TRACK

Benn an Gertrud Zwerenz am 23. April 1951: »Wir werden in Wiesbaden sein bei meinem Verleger. ... Es wird anstrengend sein, mit Radiosendungen u dem ganzen Unfug, der dazugehört.«

MAX NIEDERMAYER (1905–1968), Inhaber des von ihm 1945 gegründeten Limes-Verlags, Wiesbaden; Hausverlag Benns, in dem ursprünglich die »Gesammelten Werke« erschienen.

KARL SCHWEDHELM (1915–1988), nach dem Krieg zuerst Lektor und dann Leiter (1955–78) der Literaturabteilung des Süddeutschen Rundfunks; Lyriker, »Fährte der Fische« (1955), Herausgeber, Übersetzer und Essayist.

Das Gespräch wurde unter dem Titel »Nihilismus und schöpferische Lust« ausgestrahlt.

91 **Drei alte Männer**

Erstveröffentlichung: 1949 Gesammelte Werke: II, 1555–1588
Hörspiel
Sprecher: Ernst Karchow, Kurt Strehlen, Gert Westphal, Oswald Döpke
Regie: Gert Westphal
Sendung: RB 1952 Dauer: 51:40

Benn an F. W. Oelze am 23. März 1949: »Interessant ist mir ... daß die 3 AM nirgends auf viel Gegenliebe stoßen. Ändert aber nichts an meiner Meinung, dass sie gut sind. Die Leute wollen aus Büchern und Arbeiten immer etwas in die Hand bekommen, eine Moral, eine Aussicht, eine Sentenz, eine ›Synthese‹. Gerade das will ich aber nicht. Heute kann nur alles in der Schwebe bleiben, sonst ist es unecht u. unzeitgemäß.«

99 **Doppelleben (aus Kapitel 6. 1886)**

Erstveröffentlichung: 1950 Gesammelte Werke: III, 2016ff.
Autobiographische Schrift
Sendung: NWDR 1956 Dauer: 3:58

Benn an F. W. Oelze am 27. Dezember 1949: »Das neue Buch ist ein großes Tohuwabohu –, Biographisches, Literarisches, Politisches, Feuilleton und Tiefsinn, alles durcheinander. Absichtlich, ich mag nicht mehr ordnen u. regeln. Ich sehe jetzt ein, warum Nietzsche aphoristisch schrieb. Wer keinen Zusammenhang mehr sieht, keine Systematik, kann nur noch episodisch verfahren.«

TRACK

100 **Nihilistisch oder positiv? Über die Lage des heutigen Menschen**

Erstveröffentlichung: 1954 Gesammelte Werke: II, 961 f.
Antwort auf eine Frage von Radio Zürich
Sendung: Schweizer Radio DRS 1953 Dauer: 5:09

In der Erstveröffentlichung heißt es in einer redaktionellen Anmerkung: »Radio Zürich hatte sich mit einer Anfrage über die Lage des heutigen, insbesondere des schöpferischen Menschen an Gottfr. Benn als ›Vertreter der pessimistischen, um nicht zu sagen nihilistischen Literatur‹ gewandt. Dies ist seine Antwort.«

101 **Der junge Hebbel**

Erstveröffentlichung: 1913 Gesammelte Werke: I, 21f.
Gedicht
Sendung: SDR 1954 Dauer: 1:28

102 **Am Saum des nordischen Meers**

Erstveröffentlichung: 1936 Gesammelte Werke: I, 167
Gedicht
Sendung: SDR 1954 Dauer: 2:23

Benn an F. W. Oelze am 26. Dezember 1935: »Das Haus ›am Saum des nordischen Meers‹, ist das Haus, in dem meine Tochter lebt u in dem ich sehr oft, jährlich 2–3 mal, war, am Oeresund, dänisch, mit viel internationalem Vekehr, englisch orientiert.«

103 **Bilder**

Erstveröffentlichung: 1943 Gesammelte Werke: I, 197
Gedicht
Sendung: SDR 1954 Dauer: 1:11

104 **Einsamer nie –**

Erstveröffentlichung: 1936 Gesammelte Werke: I, 140
Gedicht
Sendung: SDR 1954 Dauer: 0:56

105 **Gewisse Lebensabende**

Erstveröffentlichung: 1949 Gesammelte Werke: I, 239–242
Gedicht
Sendung: SDR 1954 Dauer: 3:41

Benn an F. W. Oelze am 31. August 1946: »Anspruch – sagen Sie. Bestimmt nur Ihr grosses Wohlwollen spricht daraus. Ich

PROCLAIM
PHILADA BY ORDER OF
PASS AND STOW
PHILADA
MDCCLIII

Unfallforschung: unsachgemässe Behandlung oder Materialermüdung? – Die »Liberty Bell«, Philadelphia, USA. Die in England gegossene Künderin der Unabhängigkeitserklärung der Vereinigten Staaten.

»Zunächst bin ich, wie wir alle, Prothesenträger. Wir bewegen uns noch in gewissen Gelenken – Antike, Humanismus, Religion, Kollektivismus, Nationalismus, aber die Gelenke wackeln. Es sind orthopädisch gesprochen Schlottergelenke. Was ist da zu machen? Wo also ist Halt zu bekommen?«

Phase II. Rundfunkgespräch mit Thilo Koch, 1949

TRACK

glaube nicht, dass selbst Rembrandt Anspruch auf einen anderen Lebensabend hatte als mit Hendrike unter Alcohol u. gepfändet. Es ist doch gut so! Es ist doch herrlich! Alles andere wäre doch verkehrt u. ehrpusselig. Die Tragik, die Schlangenbisse, die Abgründe, für die allein wir leben, sie sind doch hier. Alles andere wäre doch Couplet oder – Thomas Mann.«
... und am 15. Oktober 1946: »Man will ja mit einem Gedicht nicht ansprechend sein, gefallen, sondern es soll die Gehirne spannen u. reizen, aufbrechen, durchbluten, schöpferisch machen.«

106 Turin

Erstveröffentlichung: 1936 Gesammelte Werke: I, 177
Gedicht
Sendung: SDR 1954 Dauer: 0:49

Friedrich Nietzsche an Jacob Burckhardt aus Turin am 6. Januar 1889: »Lieber Herr Professor, zuletzt wäre ich sehr viel lieber Basler Professor als Gott; aber ich habe es nicht gewagt, meinen Privat-Egoismus so weit zu treiben, um seinetwegen die Schaffung der Welt zu unterlassen. Sie sehen, man muß Opfer bringen, wie und wo man lebt. – Doch habe ich mir ein kleines Studenten-Zimmer reservirt, das dem Palazzo Carignano (in dem ich als Vittorio Emanuele geboren bin) gegenüber liegt und außerdem erlaubt, die prachtvolle Musik unter mir, in der Galleria Subalpina, von seinem Arbeitstisch aus zu hören. Ich zahle 25 fr. mit Bedienung, besorge mir meinen Thee und alle Einkäufe selbst, leide an zerrissenen Stiefeln und danke dem Himmel jeden Augenblick für die alte Welt, für die die Menschen nicht einfach und still genug gewesen sind.«

107 Valse triste

Erstveröffentlichung: 1936 Gesammelte Werke: I, 72
Gedicht
Sendung: SDR 1954 Dauer: 2:27

108 Verhülle dich –

Erstveröffentlichung: 1951 Gesammelte Werke: I, 248
Gedicht
Sendung: SDR 1954 Dauer: 0:58

TRACK

109 **Verse**

Erstveröffentlichung: 1943 Gesammelte Werke: I, 194
Gedicht
Sendung: SDR 1954 Dauer: 2:18

110 **Rede in Bern über Altern als Problem des schöpferischen Menschen**

Erstveröffentlichung: 1954 Sämtliche Werke: VI, 191–205
Rede
Sendung: Schweizer Radio DRS 1954 Dauer: 34:49

Überarbeitete Fassung des Vortrags »Altern als Problem für Künstler«.
Benn an F. W. Oelze am 14. November 1954: »Donnerstag reise ich nach Bern, wo Sonntag 40 Minuten lang vor 200 Personen Publikum die Radiosache steigt. Thema: jener Altersvortrag, aber gänzlich modifiziert, alles Aggressive fortgelassen, auch der Appell an die jüngere Generation fort: entschärft, sonntäglich, mit neuer Einleitung u Schluss.«
Benn an seine Frau am 21. November 1954: »Vortrag verlief mittelprächtig. Weiss nicht, ob Erfolg (war heiser).«

115 **Abschied**

Erstveröffentlichung: 1943 Gesammelte Werke: I, 233
Gedicht
Sendung: NWDR 1956 Dauer: 2:08

116 **Anemone**

Erstveröffentlichung: 1937 Gesammelte Werke: I, 139
Gedicht
Sendung: NWDR 1956 Dauer: 0:43

117 **Aus Fernen, aus Reichen**

Erstveröffentlichung: 1927 Gesammelte Werke: I, 111 f.
Gedicht
Sendung: NWDR 1956 Dauer: 1:36

118 **Dann –**

Erstveröffentlichung: 1946 Gesammelte Werke: I, 200
Gedicht
Sendung: NWDR 1956 Dauer: 0:58

Das Gedicht war Tilly Wedekind zugedacht. Benn zitiert zwei frühe Lieder von Richard Strauss: »Auf, hebe die funkelnde

IM SCHUTZ KEINER TRADITION. – Was wissen wir schon von Sappho? Abgesehen von zwei Gedichten sind von der Exilierten nur Bruchstücke bekannt, in Werken Dritter zitierte Passagen oder zufällige Funde. Ägyptisches Papyrusfragment.

»Was steckt dahinter, welche Wirklichkeiten und Überwirklichkeiten verbergen sich in diesem lyrischen Ich? Dabei kommen wir auf Probleme. Dieses lyrische Ich steht mit dem Rücken gegen die Wand aus Verteidigung und Aggression. Es verteidigt sich gegen die Mitte, die rückt an. Sie sind krank, sagt diese Mitte, das ist kein gesundes Innenleben. Sie sind ein Dégénéré – wo stammen Sie eigentlich her?«

»Vielleicht meinen einige von Ihnen, ich verwende das Wort ›Faszination‹ etwas reichlich. Ich muß sagen, ich halte Begriffe wie Faszination, interessant, erregend für viel zu wenig beachtet in der deutschen Ästhetik und Literaturkritik. Es soll hierzulande immer alles sofort tiefsinnig und dunkel und allhaft sein – bei den Müttern, diesem beliebten deutschen Aufenthaltsort –, demgegenüber glaube ich, daß die inneren Wandlungen, die die Kunst, die das Gedicht hervorzubringen imstande ist, die wirkliche Wandlungen und Verwandlungen sind, und deren Wirkung weitergetragen wird von Generationen, viel eher und viel folgenreicher aus dem Erregenden, dem Faszinativen hervorgehen als aus dem Gefaßten und Gestillten.«

Probleme der Lyrik. Vortrag, 1951

TRACK

Schale ... « (Heimliche Aufforderung. Text von John H. Mackay. Vier Lieder. Opus 27.1894) und »Traum durch die Dämmerung« (Drei Lieder nach Otto Julius Bierbaum, Opus 29.1985)

119 **Jena**

Erstveröffentlichung: 1926 Gesammelte Werke: I, 124
Gedicht
Sendung: NWDR 1956 Dauer: 1:30

120 **Keiner weine –**

Erstveröffentlichung: 1952 Gesammelte Werke: I, 341
Gedicht
Sendung: NWDR 1956 Dauer: 1:17

121 **März. Brief nach Meran**

Erstveröffentlichung: 1952 Gesammelte Werke: I, 291
Gedicht
Sendung: NWDR 1956 Dauer: 1:04

Benn an Max Niedermayer am 30. März 1952: »Lieber Herr Niedermayer, ich melde Ihnen meine Ankunft in Meran. Diese war reichlich enttäuschend. Es regnete u. es war kalt, zum Glück hatte ich meinen Wintermantel mit. Als ich morgens erwachte, regnete es immer noch, von Gebirge keine Spur u. es blühte nichts weiter als das, was in der Bozenerstr auch schon in den Vorgärten blühte, nämlich nichts außer Forsythien. Es tröstet mich nicht, daß die Einwohner sagen, seit 4 Monaten sei kein Tropfen Regen gefallen und der jetzige sei ein Segen. Nun, ich werde weitersehn. Wenn keine Sonne kommt, ziehe ich weiter.
31.III. 52 (Montag) – und nun ist 24 Stunden später u. die Sonne ist da u alles ist herrlich. Es ist warm, man kann ohne Mantel gehen u es blüht doch schon viel und ich bin entzückt.«

122 **Nebel**

Erstveröffentlichung: 1924 Gesammelte Werke: I, 113
Gedicht
Sendung: NWDR 1956 Dauer: 1:02

123 **Teils – teils**

Erstveröffentlichung: 1954 Gesammelte Werke: I, 339 f.
Gedicht
Sendung: NWDR 1956 Dauer: 1:55

TRACK

Benn an Hans Egon Holthusen am 16. Mai 1954: »Ich habe ja ein ausgesprochenes Faible für das Pfarrhäusliche, obschon ich mich soweit davon entfernte. In meinem heimatlichen gab es keinen Chopin, es war völlig amusisch, mein Vater hat nie in seinem Leben ein Buch gelesen, einmal, Anfang des Jahrhunderts, war er in Berlin im Theater gewesen, in Wildenbruchs ›Haubenlerche‹, erinnere ich mich. Aber ein großer Zelot u. Fanatiker war er auch; aber es ging von ihm eine Stärke aus, wie ich sie nie wieder an irgendeinem Menschen erlebt habe: wenn er neben Ihnen stand, konnte Ihnen nichts passieren u. Sie konnten nicht sterben –, ein seltsamer Mann.«

124 **Soll die Dichtung das Leben bessern?**

Erstveröffentlichung: 1955/56 — Gesammelte Werke: II; 1147–1157
Vortrag
Sendung: NWDR 1955 — Dauer: 27:32

Benn an F. W. Oelze am 10. November 1955: »Montag geht es nach Köln. Der NWDR schreibt, mir: ›der Andrang nach Eintrittskarten hat den Grad eines Naturereignisses angenommen‹. Gilt aber sicher zu über 50% R. Schneider. Ich verausgabe mich nicht dabei. (Es ist eine Sendung im Studio mit Publikum.) Kritiken bitte nicht wegwerfen.«

128 **Wozu Dichter in dürftiger Zeit?**
Rundfunkgespräch mit Hermann Kunisch

Gespräch — Sämtliche Werke: VII/1, 281–301
Sendung: SFB 1954 — Dauer: 42:43

Benn an Ursula Ziebarth am 20. August 1954: »Im Rundfunk war es ganz nett, 2 Flaschen Boxbeutel auf dem Tisch u. Prof K[unisch] u ich unterhielten sich mit einem gewissen Amüsement u gegenseitigen Ironien. Es dauerte fast 3 Stunden, das Ganze.«

Hermann Kunisch (1901–1991), Literaturwissenschaftler; Publikationen über mittelalterliche Mystik, Goethe, Eichendorff, Rilke und Stifter.

Das Gespräch wurde unter dem Titel »Der Lehrende und der Dichter« im SFB ausgestrahlt.

»Das Leben währet vierundzwanzig Stunden, und wenn es hoch kommt, war es eine Kongestion.«

»Was ist das, eine Kongestion? Blutfülle, Bluthinströmen; – der obenerwähnte Amerikaner nannte es Orgasmus; aber ich beziehe das auf einen bestimmten Punkt: wo der Hirnstamm anschwillt und das Bewußtsein sich verwandelt, vor dem die Karawanen niederknien mit dem Kornbeutel, der das Mohnhorn trägt. In unserem Gehirn liegt die Vorwelt gesammelt mit ihren verdeckten Kräften, aus seinen Nähten, Lötstellen, Rissen stößt sie gelegentlich vor: im Rausch, im Traum, in Trancezuständen, in gewissen Geisteskrankheiten – jedenfalls sie ist da, alle jene Zeiten und Zustände sind da, als Außen und Innen noch nicht getrennt waren, Gott und Nicht-Gott noch vereint, die unerträglich gewordene Spannung zwischen Ich und Welt noch unerklungen – sie ist da jene Prähistorie der Wirklichkeit, in der der akausale Beziehungswahn sein Arkadien feiert. Das alles, mein Freund, können Sie sich zurückerobern, durch kleine Substanzen. Potente Gehirne stärken sich nicht durch Milch, sondern durch Alkaloide. Ein so kleines Organ von solcher Verletzlichkeit, das die Geschichte der Erde auf sich nahm, können Sie nicht wie ein Vergißmeinnicht mit Grundwasser begießen, das erhält sich nur in Schöpfungskrisen. Existenz heißt Nervenexistenz, Bewußtsein heißt Leiden und sich steigern, Leben heißt provoziertes Leben – voilà – treten Sie ein – weltallhafte Kälte, erhaben und eisig, entsteht in Ihrem Gefüge: bei Glut in der Mittelachse – Empfinden von Gliederverlängerung und -verkürzung, gleichzeitig Schwellenverfeinerung, Eindrucksansturm, Fremderregbarkeit, gerichtet auf ein Universales: ›Herr laß mich blühen‹ (die Cosmic emotion Buckes) –, treten Sie ein in die einzig rechtmäßige Wirklichkeit, in die Wirklichkeit rein aus Hirnrinde.«

Drei alte Männer, 1949

TRACK

130 **Soll die Dichtung das Leben bessern? Rundfunkdiskussion**

Gespräch — Sämtliche Werke: VII/1, 315–341
Moderation: Gerd Theunissen
Beteiligte: Heinrich Böll, Reinhold Schneider, Gerhard Friedrich Hering, Paul Schallück u.a.
Sendung: NWDR 1955 — Dauer: 52:32

Benn an Else C. Kraus und Alice Schuster am 1. Dezember 1955: »Ich hatte mir für die Pause von 15 Minuten eine Flasche Sekt beim N.WDR. bestellt u. fand eine Deinhard Lila im Eiskübel vor. Herr Schneider ebenso, u nun wurden wir munter u ich kam in Fahrt. Brachte das Publikum zum Lachen, auch die Fragesteller selbst über ihre blöden Fragen.«
HEINRICH BÖLL (1917–1985), nach Rückkehr aus der Kriegsgefangenschaft und nachgeholtem Studium war Böll mit »Wanderer, kommst du nach Spa…« (1949), »Und sagte kein einziges Wort« (1953) bekannt geworden.
REINHOLD SCHNEIDER (1903–1958), katholischer Lyriker, Erzähler, Dramatiker, Essayist, Historiker und Kulturphilosoph; kurz vor Kriegsende wegen Hochverrats angeklagt, galt Schneider in den 50er Jahren mit seinem christlich-humanistischen Traditionsbewußtsein nicht nur in kirchlichen Kreisen als »Gewissen der Nation« und Vertreter eines besseren Deutschland.
GERHARD FRIEDRICH HERING, Schriftsteller und Regisseur.
PAUL SCHALLÜCK (1922–1976), Schriftsteller.

131 **Sieh die Sterne, die Fänge**

Erstveröffentlichung: 1927 — Gesammelte Werke: I, 129
Gedicht
Sendung: RB 1954 — Dauer: 1:12

132 **Acheron**

Erstveröffentlichung: 1949 — Gesammelte Werke: I, 238
Gedicht
Sendung: RB 1954 — Dauer: 1:14

Benn an F.W. Oelze am 27. März 1949: »Das Gedicht ›Acheron‹ stammt wohl aus dem vorigen Jahr. Es ist ein Traum, ein wirklicher, vom ersten bis zum letzten Wort erfolgter Traum. Nie in meinem Leben wäre ich darauf gekommen, nie habe ich etwas darüber gelesen oder gedacht, dass man Kindern ein Lid herunterziehen könnte, um Kokainsalbe oder dergl. darein zu applizieren. Aber in dem Traum sah ich es als vollkommen realen Vorgang. Sehr merkwürdig diese produktive Tätigkeit in Träumen in Richtungen u. mit Inhalten, die nie in der erlebten Wachwelt vorhanden waren. Beinahe unbegreiflich. Ich nahm das Gedicht auf – gegen den Widerstand meiner Frau. Diese ist wahrhaft grosszügig und generös in jeder Beziehung u ich kann mir keine bessere Gefährtin wünschen (abgesehen davon, dass sie für Wirtschaft u Haushalt gar keinen Sinn hat, aber ich auch nicht viel), doch in diesem einen Punkt ist sie schwierig, sie fühlt die innere u. äussere Macht, die meine verstorbene Frau immer noch über mich ausübt, und das kränkt sie. Daher auch die Gedichte wie ›Orpheus Tod‹, ›Dann –‹, ›Kleines süsses Gesicht‹ von ihr bekämpft werden. Merkwürdig übrigens, wie ich mit einer Art innerem Sinn meine verstorbene Frau immer so sah, dass ich sie verlieren würde, daher die obengenannten Gedichte, während ich bei meiner jetzigen Frau völlig sicher bin, dass sie mich überlebt u. meinen Tod ertragen muss.«

133 **Die Züge deiner …**

Erstveröffentlichung: 1943 — Gesammelte Werke: I, 328
Gedicht
Sendung: RB 1954 — Dauer: 0:54

Das Gedicht ist an Tilly Wedekind gerichtet.

134 **Aber du –?**

Erstveröffentlichung: 1954 — Gesammelte Werke: I, 300
Gedicht
Sendung: RB 1954 — Dauer: 1:00

135 **Erinnerungen an eine bewegte Epoche. Rundfunkgespräch mit Oskar Wessel**

Gespräch — Sämtliche Werke: VII/1, 302–312
Sendung: RB 1954 — Dauer: 26:26

Benn an F. W. Oelze am 22. August 1954: »Übrigens hat Radio Bremen mich schon wissen lassen, dass er sehr gern eine Sendung mit mir machen würde, wenn ich noch einmal käme … «
Benn an Ursula Ziebarth am 22. August 1954: »Radio Bremen: bitte mich nicht anbieten, die Leute müssen zu mir kommen. Und natürlich Honorar zahlen, ein Interview umsonst mache ich nicht.«

»O daß wir unsere Ururahnen wären.
Ein Klümpchen Schleim in einem warmen Moor
Leben und Tod, Befruchten und Gebären
glitte aus unseren stummen Säften vor.

Ein Algenblatt oder ein Dünenhügel,
vom Wind Geformtes und nach unten schwer.
Schon ein Libellenkopf, ein Möwenflügel
wäre zu weit und litte schon zu sehr.«

Gesänge I (Auszug), 1913

TRACK

147 **Du mußt dir alles geben**

Erstveröffentlichung: 1929 — Gesammelte Werke: I, 132 f.
Gedicht
Sendung: NWDR 1956 — Dauer: 2:07

148 **Das Ganze**

Erstveröffentlichung: 1936 — Gesammelte Werke: I, 179
Gedicht
Sendung: NWDR 1956 — Dauer: 1:27

149 **Zum 70. Geburtstag. Rundfunkinterview mit Hannes Borckmann**

Gespräch — Sämtliche Werke: VII/1, 347 ff.
Sendung: SFB 1956 — Dauer: 5:34

HANNES BORCKMANN, Journalist, Mitarbeiter beim NDR.

150 **Nur zwei Dinge**

Erstveröffentlichung: 1953 — Gesammelte Werke: I, 342
Gedicht
Sendung: NDR HH 1956 — Dauer: 0:51

151 **Quartär –**

Erstveröffentlichung: 1948 — Gesammelte Werke: I, 185
Gedicht
Sendung: NDR HH 1956 — Dauer: 2:12

Auf der Rückseite des ersten Typoskripts erläutert Benn die ersten Zeilen des Gedichts: »Fußnoten zu umstehenden Gedicht (hochgezüchteter Intellectualität) für Nicht-Philosophen und Nicht-Humanisten

1) Die Menschheit ist zu Ende, die Erde ist fertig; die Schöpfung wendet sich neuen Räumen und neuen Verwandlungen zu (eines meiner Grundgefühle in Anbetracht der völlig entleerten, ausgelaugten Rassen u. Gehirne)

2) Ptolemäus, ein griechischer Philosoph und Geograph, schuf das erste geographisch-kosmische Weltbild: die Erde im Mittelpunkt. Dies galt bis Copernikus u Galilei –, nun drehte sich die Erde um die Sonne. Alles blödsinnige physikalische Hypothesen. Seelisch blieb bis heute Ptolemäus das Gefühl: der Mensch nahm sich zentral wichtig.

3) Quartär: unser Zeitalter, der Mensch ohne Haarkleid, mit Technik, der Nach-affe – jetzt vorbei u. zu Ende, s. Nr. 1.

4) Styx: der Totenfluss.«

TRACK

Benn an F. W. Oelze am 21. November 1946: »Erlaube mir, ohne wichtigtuerisch sein zu wollen, darauf hinzuweisen, daß in ›Quartär‹, letzte Strophe, es Geschichte heisst, nicht Geschichten, Sie verstehen. Ich bitte gehorsamst, das Wort zu unterstreichen, d. h. es soll – in jener fernen Zukunft, wenn sie die Gestirne herbeiführen sollten – gesperrt gedruckt werden.«

NACH-TRÄGE 152

Dichtung an sich

Rundfunkgespräch mit J. R. Becher — Sämtliche Werke, VII, 217 ff.
Sendung: Funk-Stunde (Berlin) 1930 — Dauer: 8:47

JOHANNES R. BECHER (1891–1958), anfangs expressionistischer Dichter, 1928 Mitbegründer des Bundes proletarisch-revolutionärer Schriftsteller, Mitherausgeber der Zeitschrift *Die Linkskurve*, ab 1932 Herausgeber von *Die rote Fahne* und KPD-Kandidat bei den Reichstagswahlen, 1935 Exil in Moskau, ZK-Mitglied der KPD, 1946 im Parteivorstand und ZK der SED; 1956–58 Kulturminister der DDR.

Benn an Thea Sternheim am 7. März 1930, einen Tag nach der Sendung: »wollen wir von dem Radioabend bitte nicht weiter sprechen. Verfehlte Sache, blamable Situation. 1) war die Zeit zu kurz für das Thema 2) hatte Herr B., als er 10 Minuten vor Beginn kam, alle Abmachungen verändert, kein Stichwort gebracht, war nicht zu bewegen, bestimmte schärfere Formulierungen zu bringen. Ich wollte fortgehn, blieb aber schliesslich wegen Monnaie u. wegen der Scandalvermeidung. Lohnt ja garnicht. Nächstes Mal besser, aber nicht mehr am Radio, peinliches Milieu!«

VIDEO*

Fernsehinterview mit Gottfried Benn

Gespräch mit Thilo Koch — Sämtliche Werke, VII, 342 ff.
Aufnahme: Berlinstudio des Nord- und Westdeutschen Rundfunks
Erstsendung: 3. Mai 1956 — Dauer: 8:10

Thilo Koch schrieb in *Gottfried Benn. Ein biographischer Essay* (Frankfurt, 1984, S. 105): »Die Bildqualität ist dürftig, die Kameraführung noch ganz schüchtern; aber der große Mann ist nun posthum nirgendwo sonst lebendiger und bewegter zu sehen.«

* Das Video auf dieser MP3-CD ist im MPEG-Format und kann auf modernen DVD-Playern ebenso abgespielt werden wie auf neueren Rechnern mit entsprechendem Videoprogramm

Expansion im Modus abschreibungswilliger Vitalität. In einem durch nichts aufzuhaltenden Massenzug brechen die Lemminge von ihrem Hochplateau zu neuen Ufern auf.

»Darum müssen wir nun einmal diese Mitte betrachten, wir müssen mit Verlaub diese Mitte ins Auge fassen, die alles so viel besser weiß, alles von früher und alles von morgen, diese sogenannte organische, natürliche, erdhafte Mitte, Gottes schönste Mitte, stellen wir einmal ein auf diese Mitte, diese Mitte ist das Abendland, das will sich nicht mehr verteidigen, aber Angst will es haben, geworfen will es sein. Zum Frühstück etwas Midgardschlange und abends eine Schnitte Okeanos, das Unbegrenzte. Keine Angst haben, das ist schon unreligiös und antihumanitär. Und in dieser Angst jagen sie durch die Zeit, reißen uns alle mit, sie haben es so eilig: mit dem Krötentest fängt es an, nach acht Tagen wollen sie schon wissen, ob sie schwanger sind, und im zweiten Monat die Galli-Maimoni-Frühdiagnose ob Junge oder Mädchen. Im Theater wollen sie zu ihrer Betäubung Stücke sehen, in denen in der ersten Szene ein Gast eintritt und beim Anblick eines jungen Mädchens stutzt, in der zweiten muß einem Tischgenossen der Braten auf den Kopf fallen, weil der Diener stolpert – das ist ihr erlösender Humor, erdverbunden. Zu Hause erinnern sie sich dann wieder ihrer Geworfenheit und nehmen zur Beruhigung Phanodorm.«

»Trotz Krieg und Schlachten, trotz gedanklicher Zerstörung und politischer Ausweglosigkeit ist die Menschheit heute als Ganzes euphorisch. Es steigt von vielen Seiten das Bild einer Menschheit auf, die glaubt, im Grunde gar nichts verlieren zu können, und dieser Glaube ist nicht etwa religiös, aber auch nicht zynisch, er trägt vielmehr Züge einer vitalen Sicherheit, die überraschend ist.«

Probleme der Lyrik. Vortrag, 1951
Erinnerungen an eine bewegte Epoche. Rundfunkgespräch mit Oskar Wessel, 1954

TRACK

Oskar Wessel (1899–1955), Pionier des Hörspiels; Leitung der Abteilung Wort bei Radio Bremen, seit 1953 Leiter der Hörspielabteilung.

136 Rundfunkgespräch mit Joachim von Bernstorff

Gespräch — Sämtliche Werke: VII/1, 277–280

Sendung: BR 1954 — Dauer: 5:05

Benn an F. W. Oelze am 15. März 1954: »Ich bin noch nie wie in den 2 Tagen in München soviel gezeichnet, interviewt, photographiert usw worden, ...«

Joachim von Bernstorff, Mitarbeiter des Bayerischen Rundfunks.

137 Worte

Erstveröffentlichung: 1955 — Gesammelte Werke: I, 299

Gedicht

Sendung: SWF 1955 — Dauer: 0:54

138 Melancholie

Erstveröffentlichung: 1954 — Gesammelte Werke: I, 302 ff.

Gedicht

Sendung: SWF 1955 — Dauer: 3:47

139 Eure Etüden

Erstveröffentlichung: 1955 — Gesammelte Werke: I, 311

Gedicht

Sendung: SWF 1955 — Dauer: 0:43

140 Bitte wo –

Erstveröffentlichung: 1955 — Gesammelte Werke: I, 318

Gedicht

Sendung: SWF 1955 — Dauer: 0:41

141 Kommt –

Erstveröffentlichung: 1955 — Gesammelte Werke: I, 320

Gedicht

Sendung: SWF 1955 — Dauer: 0:47

142 Zwei Träume

Erstveröffentlichung: 1954 — Gesammelte Werke: I, 322

Gedicht

Sendung: SWF 1955 — Dauer: 0:49

TRACK

143 **Aprèslude**

Erstveröffentlichung: 1955 Gesammelte Werke: I, 326
Gedicht
Sendung: SWF 1955 Dauer: 1:05

144 **Aus: Monologische Kunst –?
Erwiderung an Alexander Lernet-Holenia**

Erstveröffentlichung: 1952 Gesammelte Werke: III, 1765–1769
Antwort auf einen offenen Brief
Sendung: NDR HH 1956 Dauer: 8:45

In einem offenen Brief hatte Alexander Lernet-Holenia an Benn eine »Aufforderung zum großen Zwiegespräch« gerichtet: »In Knokke-Le-Zoute hielten Sie dann eine französische Rede und schenkten mir ein Exemplar Ihrer ›Probleme der Lyrik‹: in beidem stellten Sie mit einer bisher weder bei Ihnen noch bei andern dagewesenen Klarheit einen Satz auf, dessen Wesen lautet: die Hervorbringungen eines Dichters seien nicht für die andern, sondern für ihn selbst da – wenn sie aber dennoch nicht ›l'art pour l'art‹, sondern ›l'art pour tous‹ seien, so bloß in dem Sinne, daß die andern lesend und von außen nach innen, in die Dichtungen dringen dürften, ja sollten ... Die Öffentlichkeit hat ein sehr feines Ohr für die Sprache desjenigen, auf den sie zu hören wünscht, ja, den sie hören muß, und sie fühlt sehr wohl, auf wen sie nicht zu hören braucht. Sie verlangt aber auch, von ihren wirklichen Dichtern angeredet zu werden, und während Sie noch zu sich selbst zu reden glauben, reden Sie schon längst zur Öffentlichkeit. Es wäre an der Zeit, daß Sie auch zur Nation redeten – zur Nation, nicht im vulgären, machtbetonten, sondern in jenem hohen, geistigen Sinne, den Hofmannsthal geprägt hat. Führen Sie nicht Monologe, die man ja doch abhört, entschließen Sie sich zur Ansprache, zu jenen großen Zwiegesprächen, auf denen alle wahre Dichtung, alle wahre Religiosität, aller wahre Geist gründet.«

146 **Gedichte**

Erstveröffentlichung: 1943 Gesammelte Werke: I, 196
Gedicht
Sendung: SFB 1955 Dauer: 1:40